# POESIES

# DE L. BONNET

## AINÉ.

A GUERET,

Chez P. BETOULLE, Imprim.-Lib.

1821.

# POÉSIES

# DE L. BONNET

## AINÉ.

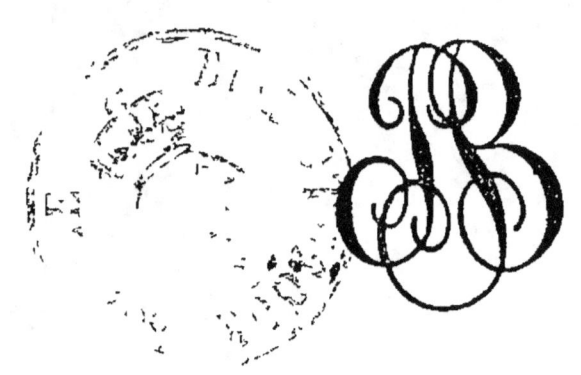

A GUÉRET,

Chez P. BETOULLE, Imprimeur-Libraire.

1821.

# PREFACE.

> « Un auteur à genoux, dans un humble préface,
> » Au lecteur qu'il ennuie a beau demander grâce,
> » Il ne gagnera rien sur ce juge irrité,
> » Qui lui fait son procès de pleine autorité.
>
> . . . . . . . . . . . . . . . . . . . . . . .
>
> » Il se soumet lui-même aux caprices d'autrui ;
> » Et ses écrits tout seuls doivent parler pour lui. »

D'accord ; mais pourtant est-il quelquefois besoin d'expliquer ses raisons. Voilà donc quelles sont les miennes :

C'est une entreprise bien hardie, sans doute, que de commencer un poëme en six chants à l'âge de 15 ans, et de le publier à 20, après l'avoir achevé un an auparavant. Il me semble vous entendre dire, mon cher lecteur : l'auteur a-t-il donc oublié le précepte d'Horace, qui recommande aux poëtes d'attendre neuf ans pour publier leurs ouvrages? et ce précepte ne s'adressait-il pas à lui plus qu'à tout autre, vu son peu d'expérience et l'âge où il a commencé d'entrer dans la carrière poétique?

Il est vrai; voilà des reproches bien fondés; j'en conviens avec vous, ami lecteur; mais ne pardonnez-vous rien aux folies de la jeunesse? Et mon âge lui-même ne doit-il pas plutôt vous engager à être plus indulgent pour les nombreux défauts dont vous pourrez peut-être m'accuser avec raison?

Parmi ces nombreux défauts que vous aurez à me reprocher, il se pourra faire que vous blâmiez le caractère passionné de Zamira.

Quelle apparence, direz-vous, qu'un berger pousse la jalousie à un tel excès?

Je veux bien être de votre avis, mon cher lecteur; car vous me paraissez un juge trop équitable pour que je n'en sois pas.

Mais songez-vous bien, s'il vous plaît, que je n'ai dit nulle part que Zamira fût un berger; et que quand bien même il aimerait une bergère, ce n'est pas une raison pour qu'il le soit?

Je vais plus loin : je veux que Zamira soit berger; je le veux; mais est-il indispensable à cause de cela d'en faire un personnage douce-reux?

Oui, sans doute, me répliquerez-vous; est-ce que les bergers de *Gessner* et de *Florian* n'ont pas tous un même caractère, doux, constans, discrets, fidèles?

Je. l'avoue; mais Gessner et Florian ont fait des pastorales, et moi je n'ai nullement pré-tendu que mon poëme fût une pastorale.

D'ailleurs, pourquoi serais-je tant condam-nable d'avoir fait Zamira si passionné, j'en reviens toujours là? On peut m'objecter peut-être que les mœurs des villageois sont plus dou-ces, plus simples, plus pures que celles des habi-tans des villes, et que les passions n'agissent pas avec tant de force dans leurs cœurs.

Je le crois; mais est-ce une raison pour que les habitans de la campagne soient à l'abri des passions, et surtout au-dessus de l'amour, qui souvent viole les droits les plus saints? Nous n'au-rions, hélas! que des exemples trop réels à citer;

A 4

des fureurs qu'a produites quelquefois parmi eux cette funeste maladie de l'âme! Dans tous les cas, je le répète, Zamira n'est point un berger.

Quant aux poésies qui suivent le poëme dont je viens de parler; elles ont presque toutes été composées pendant que je travaillais à *Zélide* et *Zamira*. Il faut bien un peu diversifier; le même sujet et le même travail ne manqueraient pas de devenir insupportables pendant quatre ans de suite.

Voilà donc tout ce que j'avais à vous dire, ami lecteur. A présent, je me tais; quittez votre visage sévère; lisez et prononcez; j'attends votre sentence.

# POÉSIES

## DE L. BONNET

### AINÉ.

~~~~~~~~~~~~~~~~~~~~~~~~~~~~~~~~~~~~~~~~~~

## ZÉLIDE ET ZAMIRA,

### POÊME EN SIX CHANTS.

----

### CHANT PREMIER.

Nymphes de la Gartempe, ô vous Nymphes chéries,
Qui de vos flots d'azur couronnez nos prairies,
Bosquets silencieux, beaux vallons, clairs ruisseaux,
Ruisseaux où la bergère abreuve ses troupeaux,
Vous qui pour moi jadis étiez si pleins de charmes,
Je ne puis vous revoir sans répandre des larmes.
Hélas! tout me rappelle un ami malheureux,
Dont la cruelle mort vient de fermer les yeux!

Il n'est plus, c'en est fait!... O Zamira! chère ombre!
Entends ma triste voix de ta demeure sombre!
Vois quels sont mes regrets! sois sensible à mes pleurs!
Je vais, ô mon ami, célébrer tes malheurs!

Zélide et Zamira s'aimaient dès leur enfance,
Malgré l'inimitié dont l'aveugle puissance
Divisait leurs parens et troublait leurs amours.
A peine commençait l'aurore de leurs jours,
Ils connurent des feux qu'ils n'avaient pas su craindre;
Mais il n'était plus temps alors de les éteindre.

Amour, que n'ont-ils su fuir ton joug oppresseur!
L'un et l'autre aujourd'hui jouiraient du bonheur;
Et toi, cher Zamira, nos champêtres asiles
Te verraient parmi nous couler des jours tranquilles.
Mais pourquoi m'arrêter à des regrets nouveaux?
J'ai déjà dévoilé la cause de tes maux,
Hâtons-nous : suspendons pour un moment nos larmes,
Et commençons enfin à peindre tes alarmes.

Déjà mai souriait; déjà les noirs frimats,
Précipitant leur course avaient fui nos climats;
Déjà chaque matin, l'alouette légère
Gazouillait, saluait l'aurore printanière.
L'aquilon se taisait : à peine le zéphir
De l'onde cristalline agitait le saphir.

Et les arbres de fleurs se couronnant la tête,
Reprenaient leur fraîcheur et leurs habits de fête.

Un soir tout le hameau, pour célébrer des jeux,
S'assemblait... Cependant un nuage orageux
S'étend, couvre le ciel d'un rideau noir et sombre;
Phœbé voile son front et laisse régner l'ombre.
Déjà brille l'éclair : la foudre retentit;
La forêt lui répond; l'oiseau tremble et frémit;
L'airain frappe les airs; le peuple fuit en foule.
Le foudre menaçant s'avance, gronde, roule,
Déchire le nuage et tombe.... Les autans
Mugissent; et des airs s'épanchent cent torrens.

Quelques instans après les aquilons s'appaisent;
Le ciel devient serein, et les foudres se taisent;
Diane reparaît sur un trône argenté,
Et perce de la nuit l'épaisse obscurité.

Alors le doux parfum des pelouses fleuries,
Le chant du rossignol, les ruisseaux des prairies,
Les perles que l'on voit des arbres découler,
Les feuilles que zéphir fait doucement trembler,
Le silence et la nuit, tout fait dans la nature
Eprouver une joie aussi douce que pure.

Dans un bocage frais, inaccessible au bruit,
Zélide se retire, et sa douleur l'y suit,

« L'astre des nuits ; dit-elle, au haut de sa carrière,

» Blanchit l'azur des cieux de sa douce lumière :

» Un silence profond règne dans l'univers.

» L'ouragan furieux ne trouble plus les airs ;

» Ne brise plus les troncs des peupliers sauvages,

» Et voit cesser le cours de ses affreux ravages.

» Tout dort : je veille seule et songe à mes malheurs.


» O mon amant, objet de toutes mes douleurs,

» Fallait-il que le sort nous devint si contraire,

» Et qu'un père chéri causât notre misère !

» L'hymen à Philoclès m'unit avant trois jours :

» Il faut donc, c'en est fait, t'oublier pour toujours !

» Moi, t'oublier !... Hélas ! au retour de l'aurore,

» Pâle, triste, et le soir plus éperdue encore,

» Je songe à toi ; des pleurs obscurcissent mes yeux,

» Et je m'écrie : ô mort, viens éteindre mes feux !


» Bientôt j'accomplirai tes ordres, ô mon père !

» Mais bientôt le trépas fermera ma paupière.

» En ces derniers momens donne-moi quelques pleurs :

» Ecris sur mon tombeau ma vie et mes malheurs,

» Et que le passant dise : Amante infortunée !

» O toi qui méritais une autre destinée,

» Dors près de tes aïeux, dors près de leurs tombeaux,

» Des malheureux humains là finissent les maux. »..

Triste, l'âme livrée à sa douleur sauvage,

Zamira cependant vient près de ce bocage ;

Il entend son amante. — « Elle est dans ces beaux lieux,

» O ciel! l'aurais-je cru!... Combien je suis heureux!...

» Entrons... Je tremble... » Il dit, franchit d'un pied
        rapide

L'épineuse cloison qui lui cache Zélide.

— « Zélide!... Elle est ici... Je ne me trompais pas.»

— « C'est lui-même!... En ces lieux il adresse ses pas.

» S'il savait quels malheurs mon père lui prépare,

» Et qu'un destin jaloux pour jamais nous sépare!

» Ah! si je le voyais pour la dernière fois!

» Zamira, de mon père ignores-tu les lois!

» Sais-tu qu'il faut nous fuir, et que la destinée...?

» O dure obéissance! O funeste hyménée!

» Que sont-ils devenus ces doux, ces doux instans

» Où près de Zamira fuyaient mes jeunes ans! »

— « Quoi donc!... Que parlez-vous de fuite et d'hy-
        ménée?

» Vous m'aimez?.. — « Si je t'aime!.. Hélas! infortunée!»

— « Hé bien! ma douce amie, il ne me manque rien,

» Tous mes vœux sont remplis! quel bonheur est le mien!

» Vois-tu dans le lointain, vois-tu cette rivière

» Des pâles feux du ciel réflétant la lumière ;

» Plus loin ces monts altiers couronnés de forêts,

» Et ces champs sablonneux ennemis des guérets?

» Te souviens-tu du jour où parcourant ces plages,

» Je te vis au-dessous de ces plaines sauvages,

» Sous des ombrages frais conduire tes troupeaux,

» Qui paissaient l'herbe en fleur le long des clairs ruisseaux ;

» Je descends, je te parle, et mon front se colore;

» Je te dis en tremblant : Zélide, je t'adore?...

» Momens délicieux!... Que nos pleurs étaient doux!... »

— « De Numanos mon père évitons le couroux.

» Il me l'a commandé, je dois fuir ta présence :

» O Zamira ! tâchons, par notre obéissance,

» De faire que le ciel soit sensible à nos vœux :

» Un jour peut-être, un jour nous serons plus heureux! »


Elle dit : à ces mots, tous deux ils se retirent,

Déplorent leur destin, se regardent, soupirent :

Hélas! et puissent-ils ne pas voir dans deux jours,

Par de plus grands malheurs traverser leurs amours!


FIN DU PREMIER CHANT.

# ZÉLIDE ET ZAMIRA,

## POEME.

---

## CHANT SECOND.

# ZELIDE ET ZAMIRA,

## POÊME.

### CHANT SECOND.

L'AURORE jaunissait le clocher du village :
Le chantre du matin, secouant son plumage,
Saluait par ses cris les feux naissans du jour,
Et du labeur champêtre annonçait le retour :
Les astres de la nuit achevant leur carrière,
Pâlissaient et fuyaient l'éclat de la lumière ;
Lorsque les yeux en pleurs le jeune Chrisoës
Apprend à Zamira l'hymen de Philoclès.

Mal instruit des malheurs de la triste Zélide :
— « On a vu, lui dit-il, on a vu la perfide
» Combler de ses faveurs votre indigne rival.
» Oubliez-là ; fuyez, et qu'un mépris égal.... »
— « O mon cher Chrisoës, elle n'est point coupable ;
» De cette trahison son cœur n'est point capable.

» Hier, lorsque le jour abandonna les cieux,

» Je la vis; que de pleurs coulèrent de ses yeux !

» Quel amour !... Mais peut être, ébloui par ses larmes,

» Devais-je, infortuné, moins croire à ses allarmes...

» Peut-être, violant ses sermens et sa foi,

» Ses pleurs, ses pleurs coulaient pour un autre que moi!

» Ah Dieu ! s'il était vrai... je volerais chez elle;

» Et ce bras, altéré du sang de l'infidelle,

» L'immolerait soudain à ma juste fureur!...

» Quoi! porter son audace à cet excès d'horreur!

» J'aurais d'un front serein vu moissonner ma vie;

» Mais me voir à ce point trahi par mon amie!...

» Après tant de sermens!... Non, non, cela n'est pas;

» Chrisoës, seul espoir qui me reste ici-bas,

» Pourquoi frapper mon cœur d'une atteinte mortelle!

» Mais dis, comment sais-tu cette affreuse nouvelle? »

— « D'un serviteur à qui Zélide avait prescrit

» De venir en ces lieux vous porter un écrit;

» Je dois vous le remettre. » — «Eh' quoi!... Zélide!..

      Donne...

» Que dois-je soupçonner ?.. D'où vient que je frissonne?.

» Lisons. »

*Je vous écris quelle est ma destinée :*
*Mon père enchaînera demain*
*Ma vie infortunée*
*Par les nœuds de l'hymen.*

*Faudrait-il par ma résistance*
*Plonger dans la nuit du tombeau*
*L'auteur chéri de ma naissance ?*
*Non , non , ne formons plus une vaine espérance,*
*Et d'un amour frivole éteignons le flambeau.*
                    ZÉLIDE.

Craignant pour son repos une ardeur trop fidelle,
Zélide avait écrit cette lettre cruelle ;
Son honneur l'exigeait de son cœur vertueux :
Mais un rien rend l'amour injuste et soupçonneux :
Un rien le trouble ; un rien le fait pâlir, l'égare.

« Ainsi tu te jouais de mon cœur !... Ah ! barbare !...
» Méprisons pour jamais ses funestes appas...
» Qu'elle aime Philoclès et vive entre ses bras,
» Hé bien ! je l'oublierai !... L'oublier ! mais que dis-je ?...
» Me laissé-je égarer à ce flatteur prestige ?
» Qu'elle, que son vieux père expirent sous mes coups !
» Que le couteau fatal y joigne son époux !
» Qu'avant l'heure où la mort fermera sa paupière,
» Les cris sourds et plaintifs d'un amant et d'un père
» Répondent à ses pleurs, à ses gémissemens !
» Que ses derniers regards, en ces affreux momens,
» Soient témoins de ma joie à ce spectacle horrible !
» Qu'elle n'espère pas de me trouver sensible !
» Non, non, barbare, non ; et quand pleurant leur sort,

» Tes yeux, déjà couverts des ombres de la mort,

» Se tourneront vers eux ; lorsque tes yeux, perfide,

» Verront avec horreur leur corps pâle et livide,

» N'accuse que toi, meurs : quel plaisir de te voir

» Descendre chez les morts avec le désespoir ! »

— « Eh quoi ! que dites vous ?... Ah ! quittez ce langage,

» Et montrez sur vous-même un plus ferme courage. »

— « C'est dans ces mêmes lieux que trahissant mon cœur,

» Tu jurais que moi seul je ferais ton bonheur !

» C'est dans ces mêmes lieux, je m'en souviens encore,

» Cruelle, que cent fois tu me dis : Je t'adore.

» Que je l'aimais !... Zélide, et tu m'as pu trahir !

» Zélide, à mon trépas as-tu pu consentir ?

» Bocages sombres, lieux témoins de son parjure,

» Fontaines, clairs ruisseaux dont j'entends le murmure,

» Arbres sacrés, soyez témoins de mon trépas !

» Zélide me trahit !... Chrisoës, n'est-ce pas

» Le plus noir des forfaits ?.... Zélide.... je succombe....

» Ah ! Chrisoës ! » — « L'amour le conduit à la tombe !..

» Il se tait !... Ah grand Dieu ! quelle affreuse douleur !

» Quels farouches regards ! quels traits ! quelle pâleur ! »

— « Téméraire rival, la mort la plus sanglante,

» Les cris, le sang, les pleurs et Zélide expirante,

» Traître, voilà ta dot : ose être son époux :

» Courons vers les autels, mourons et vengeons-nous. »

La voix trompe à ces mots sa bouche défaillante ;

Il frémit, il s'arrête... Ainsi la louve absente
Dont on a dérobé les jeunes louveteaux,
Parcourt et les vallons et les riants côteaux,
Et des noires forêts la solitude immense,
Interrompt de ces lieux le lugubre silence,
Appelle ses petits, les rappelle cent fois :
Les rochers creux, les monts répondent à sa voix.
Enfin elle retourne à sa triste tanière,
Et se tait... Zamira déteste la lnmière ;
Il marche, et sans savoir où s'adressent ses pas,
Conduit par Chrisoës arrive à Caëpas.


FIN DU SECOND CHANT.

# ZÉLIDE ET ZAMIRA,

## POEME.

## CHANT TROISIÈME.

# ZÉLIDE ET ZAMIRA,

## POÊME.

### CHANT TROISIEME.

Déesse de la nuit, prolonge ta carrière!
Il va luire bientôt le jour dont la lumière
De la triste Zélide éclairera l'hymen.

L'air était frais : le ciel était pur et serein,
Les vents ne grondaient plus : la nuit régnait encore:
Tout dormait, se taisait : le jour allait éclore:
Diane terminait son cours silencieux ;
L'étoile du berger montrait déjà ses feux ;
Quand seul au doux sommeil refusant sa paupière,
Zamira sort, du jour prévient l'avant-courrière,

Ainsi, lorsqu'un lion affamé, furieux,
A parcouru la nuit des déserts sablonneux ;
S'il n'a point assouvi la faim qui le dévore,

L'horrible quadrupède, au lever de l'aurore,
Retourne dans les bois qu'il remplit de terreur,
Erre les yeux en feu, frissonne de fureur,
Et croit déjà saisir son innocente proie,
Se gorger de son sang et palpiter de joie.
Ainsi vient Zamira dans les champs de Suzor.

Il s'arrête en ces lieux : là, sur un sable d'or,
La Gartempe roulant des flots purs et limpides,
Voit son sein ombragé de ces saules humides
Dont le feuillage s'incline sur les eaux.
Ses bords sont couronnés de fleurs et de roseaux;
Et le fleuve à regret fuit ces douces campagnes.

Zamira cependant les yeux sur les montagnes,
Zamira du soleil attendait le retour,
Comme devant finir ses peines, son amour.]

Bientôt il aperçoit sa lumière naissante :
L'Orien devient rouge, et l'incendie augmente.
L'astre long-temps s'annonce; il le croit voir : enfin,
Brillant comme l'éclair un point part et soudain
S'élève, s'aggrandit et remplit tout l'espace.
Le voile de la nuit s'enfuit, tombe et s'efface.

Le mortel a revu son séjour embelli :
D'un plaisir doux et pur son cœur a tressailli.

La nature s'éveille, et des oiseaux sans nombre
Réunissent leurs voix sous le feuillage sombre :
Pas un seul ne se tait en ces heureux momens.
Leurs chants, leurs sons plaintifs, leurs doux gazouille-
      mens
Célèbrent de concert le père de la vie.
D'un tableau si touchant que l'âme est attendie !

Les agneaux du village, errans sur les côteaux ;
Bêlaient ; le laboureur entendait ses taureaux
Mugir, et faire au loin retentir la campagne.
Et des bergers assis au pied de la montagne,
Les champêtres haut-bois, les tendres chalumeaux ;
De leurs sons variés éveillaient les échos ;
Tandis que du hameau les naïves bergères
Chantaient ou s'animaient à des danses légères.

L'azur brillant des cieux, le murmure des eaux,
L'haleine des zéphirs et l'ombre des ormeaux,
La rosée et les fleurs et l'humide verdure,
Le bonheur, l'innocence et la simple nature ;
Tout renouvelle ici les temps de l'âge d'or.

Mais ces beaux lieux ne font que redoubler encor
Les tourmens douloureux de l'amant de Zélide.
« Le bonheur m'a quitté comme un ami perfide ;
» C'en est fait, se dit-il, tout espoir est détruit !

» Fuyons ces lieux charmans ; la douleur qui me suit

» Loin de ces champs heureux se calmera peut-être. »

De loin il aperçoit le Mont-Pigeau paraître :

Il y court.... La nature, avare de ses dons,

Refuse à ces climats et les jaunes moissons

Et la grappe pourprée et les fruits de l'automne.

Délicieuses nuits, nuits que l'été nous donne,

O frais et doux printemps, jamais votre douceur

De ces lieux pleins d'effroi n'a pénétré l'horreur.

Vous marchez ; et vos pieds sont brûlés par le sable.

Vous fuyez ; du soleil le disque inévitable

Vous poursuit de ses feux... Voyez le haut du mont ;

De frimats éternels il couronne son front.

Là gît le morne hiver, se courbant sous le faîte

Des neiges, des glaçons qui pèsent sur sa tête.

Les vents grondent ainsi que sur les flots amers ;

Et le givre piquant tombe du haut des airs.

Ses flancs vastes et noirs sont arides et chauves :

Là souvent, sur le soir, des loups, des bêtes fauves

On entend retentir les hurlemens affreux,

Et du triste hibou les accens douloureux.

Là, vous voyez des rocs dont la tête difforme

Semble jusques au ciel porter leur masse énorme :

Sur d'immenses rochers des rochers entassés,

L'un sur l'autre étendus, l'un sur l'autre poussés,
Noirâtres, escarpés, pendans sur un abîme,
S'affaissant sur la terre, arrondissant leur cîme,
Ou minés par les temps d'autres se détacher,
Rouler et s'arrêter à quelqu'autre rocher.

Au bas de la montagne écument des cascades,
Murmurent des ruisseaux les craintives naïades,
Tandis qu'avec fracas cent torrens orageux
Roulent de roc en roc, et de leurs flots neigeux
Font réjaillir au loin l'écume blanchissante.
Les échos prolongeant leur voix retentissante,
Leur répondent du fond des antres caverneux.

Poursuivons... Alentour de ces rocs buissonneux
Voyez-vous ce hameau qu'a dévoré la foudre?
Ses hôtes avec lui furent réduits en poudre.

Infortunés! hélas! dans cet autre univers,
Ils cultivaient en paix l'horreur de ces déserts;
Et voilà que déjà la saison printanière
A reverdi vingt fois la plaine hospitalière,
Où reposent épars leurs cendres, leurs tombeaux.

Un sommeil éternel leur verse ses pavots;
Ils ne reverront plus l'aurore matineuse
Précéder du soleil la marche radieuse.
Ils ne reverront plus aux portes d'Occident

Sur un trône de feu fuir cet astre éclatant.
Pour eux le rossignol, à l'heure où la rosée
Descend, répand ses pleurs sur la terre épuisée,
Ne fera plus redire aux échos d'alentour
Ses chants voluptueux et ses hymnes d'amour,
Et leur terre, ô douleur! leurs tristes héritages,
N'offrent, au lieu d'épis, que des ronces sauvages.

Seul, parmi les débris, un vieux temple resté
Brave les feux du ciel, les vents, la vétusté.
Des laboureurs, dit-on, sous ses voûtes antiques,
Ont ouï de la mort résonner les cantiques,
Ont vu près du parvis, ceints de longs voiles blancs,
Des vieillards du hameau les fantômes errans.

Au-dessus du village une forêt profonde
Se découvre à vos yeux... Là l'aquilon qui gronde
Agite incessamment, tourmente dans les airs
Ces frênes, ces ormeaux nés avec l'univers,
Fait gémir leurs vieux troncs, arrache leur verdure;
De leurs rameaux en deuil disperse la parure,
Mugit, courbe sous lui leurs panaches mouvans,
Et vole environné du cortége des vents.
Entendez-vous ces pins cachés au sein des nues,
Lever, baisser, briser leurs têtes chevelues?
D'un bruit moins effrayant les fiers tyrans du nord
Appellent sur les mers la tempête et la mort.

Là, de mille animaux les clameurs retentissent;
Là, des hommes cruels, dont les mains se rougissent
Du sang de l'étranger égaré dans ces lieux,
Vont cacher leur présence et leurs crimes affreux.
A l'aspect de ces bois frémit l'âme tremblante.
Zamira dans ces lieux erre sans épouvante.

« Lieux sauvages, dit il, que j'aime votre horreur!
» Que tout ce que je vois s'accorde avec mon cœur!...
» O douleurs! ô tourmens dont l'amour est la source!
« Mais voici le soleil au milieu de sa course.
« Voici l'heure où bientôt ces amans vont s'unir;
» Voici l'heure où bientôt ce fer doit les punir! »

Il s'éloigne à ces mots, garde un morne silence,
Et roule en son esprit ses projets de vengeance.

FIN DU TROISIÈME CHANT.

# ZÉLIDE ET ZAMIRA,

## POEME.

---

## CHANT QUATRIÈME.

# ZELIDE ET ZAMIRA,

## POÊME.

### CHANT QUATRIÈME.

Déja l'affreuse mort apprête ses pavots :
Déjà l'heure est venue : et déjà Numanos
Conduit au temple saint Philoclès et Zélide.
C'est là que du Très-Haut la majesté préside ;
C'est là que Dieu repose et voile son aspect :
Tout inspire en ces lieux la crainte et le respect.

Victime des humains, s'offrant en sacrifice,
Jésus renouvelait son ancien supplice.
Abandonnant des cieux le séjour azuré,
Il descendait déjà dans le temple sacré.
Trois enfans aussi beaux, aussi frais que l'aurore,
Ou que la fleur des champs qui commence d'éclore,
Timides, élevant leurs petits bras au ciel,
En chœur par leurs doux chants célébraient l'Eternel.

« Gloire à Dieu dont le trône est porté par les anges,

» Qui renverse à ses pieds l'impie audacieux,

» Qui des faibles humains daigne ouïr les louanges,

>> Et descend en ces lieux.

» Mortels, vous passez tous comme l'herbe expirante,

» Qui brillait le matin, et meurt avant le soir :

» Pourquoi donc le Seigneur n'est-il pas votre attente

» Et votre unique espoir?

» L'ignorez-vous, hélas! tout périt, tout succombe,

» Le berger et le prince et le faible et le fort.

» Bientôt l'if croisera ses bras sur votre tombe;

» Bientôt vous dormirez à l'ombre de la mort.

» Mais, répondez, enfans de la poussière;

» Qu'espérez-vous après votre carrière?

» Quel sera votre sort au jour si redouté

» Où le Seigneur, déployant sa colère,

» Citera devant lui les peuples de la terre,

» Et s'armera contre l'iniquité?

» Je crois la voir déjà, cette terrible fête,

» Où de mon Dieu la vengeance s'apprête.

» Je crois voir l'Eternel, dans sa juste fureur,

» S'asseyant sur les vents, volant sur la tempête

» Et conduisant devant lui la terreur.

» L'astre des jours s'éteint; les étoiles pâlissent;
» Dieu s'avance entouré de foudres et d'éclairs;
» Il dit : « Cieux, périssez » : les cieux s'anéantissent;
        » Il juge l'univers.

» Dieu juste! puissions-nous être alors mis au nombre
» Des élus appelés par ta divine voix,
» Tandis que les méchans, plongés dans la nuit sombre,
        » Blasphémeront contre tes saintes lois! »

De ces tendres enfans tels étaient les concerts :
L'orgue retentissait et répétait leurs airs :

Quand pareil à l'aiglon dont l'approche sanglante,
Aux chantres du bocage apporte l'épouvante,
Arrive Zamira la fureur dans les yeux :
Il reste quelques temps muet, silencieux.

Tel le sombre ouragan, alors que les nuages
Dans leurs flancs embrasés assemblent les orages,
D'abord laisse un instant régner la paix dans l'air;
Mais bientôt il s'élance, il part avec l'éclair,
Précipite en grondant sa course impétueuse,
Bouleverse des mers l'onde tumultueuse,
Et présente la mort au timide nocher,
Qui, pâle, épouvanté, jeté sur un rocher,
Meurt loin des lieux chéris témoins de son enfance.

C

Tel Zamira d'abord dévorait son offense ;
Mais bientôt il s'échappe, il court, et dans le sein
D'un odieux rival plonge un fer assassin,
Le retire sanglant pour immoler Zélide.
Arrêtez, arrêtez sa fureur homicide !....
Volez !... Zélide va subir le même sort !...
On accourt; le cruel veut se donner la mort ;
On s'oppose à sa rage, on l'entraîne du temple.

D'un œil plein de douceur Philoclès le contemple
« Si près de mon bonheur, à peine à mon matin,
» Dit-il, l'avide mort termine mon destin !...
» Zamira, par toi seul la parque me moissonne;
» Mais viens ; quoiqu'il en soit Philoclès te pardonne...
» Mortels compâtissans qui répandez des pleurs,
» Retenez-les : mes yeux s'obscurcissent ; je meurs;
» Je meurs; vivez heureux : et toi, ma douce amie
» Toi qui devais unir ton sort avec ma vie,
» Que j'emporte en mourant le nom de ton époux !
» Vénérable pasteur, venez, unissez-nous. »

Pleurant de Philoclès la triste destinée,
Le pasteur tout ému bénit leur hyménée.
Alors rouvrant les yeux : — « Viens, Zélide, reçoi
» Et mon dernier soupir et mon cœur et ma foi. »

Il dit, songe à son père, à sa douce patrie,
Et meurt : tel un beau lys sur sa tige flétrie

Expire... Hélas! ses yeux, ses yeux ne verront plus,
Ni le toit paternel, ni les cyprès touffus
Dont sa main ombragea le tombeau de sa mère.

Ah! père malheureux! une main étrangère,
A l'heure de la mort te fermera les yeux;
Philoclès est privé de la clarté des cieux!

FIN DU QUATRIÈME CHANT.

# ZELIDE ET ZAMIRA,

## POEME.

---

## CHANT CINQUIÈME.

# ZÉLIDE ET ZAMIRA,

## POÉME.

### CHANT CINQUIÈME.

TEL qu'un jeune taureau que des loups sanguinaires
Traînent pleins de fureur dans leurs noires tanières,
On conduit Zamira dans ces terribles lieux,
Dans ces lieux destinés au parricide affreux :
A peine y voit-on luire un pâle crépuscule ;
Il arrive, il s'écrie et d'horreur il recule ;
Il tombe ; un voile épais environne ses yeux :
On l'abandonne en proie à son sort malheureux.

Il revient à lui-même. — « Epoux de mon amante,
» Toi qu'il me semble voir, ombre pâle et sanglante,
» Si mes cris expirans pénètrent chez les morts,
» Appaise ton courroux en voyant mes remords!...
» J'étais ne pour le crime ! O funeste naissance !
» O de mon ascendant trop fatale puissance !

C 4

» Mânes de Philoclès, ah! pourrez-vous jamais
» Du cruel Zamira pardonner les forfaits!... »

A ces mots il se tait... Une voix effrayante
Résonne, lui répond, le glace d'épouvante.
Tels on entend les cris des funèbres hiboux,
Des nocturnes oiseaux, des lions et des loups,
Faire au loin retentir une forêt profonde;
Ou tel écho répond à la foudre qui gronde.

Après quelques instans : — « Là, se ferment mes yeux;
» Adieu terre lointaine où sont morts mes aïeux!
» Adieu hameau chéri qu'habite mon vieux père!
» Adieu champs que j'aimais! adieu douce lumière!
» Dans ces noirs souterrains où règnent la terreur,
» Qu'habitent les remords, les crimes et l'horreur,
» Chargé de fers pesans, entouré de ténèbres,
» La mort va me couvrir de ses ailes funèbres.
» Sans amis, sans secours je meurs abandonné :
» Je meurs! puisse mon père être plus fortuné!
» Qu'au déclin de sa vie, avant sa dernière heure,
» Un ami bienfaisant le console et le pleure!
» Qu'il termine ses jours au lieu de son berceau!
» Et moi.... Séjour affreux, tu seras mon tombeau!... »

Il dit : reste sans voix, penche sa tête, expire :
L'inexorable mort l'entraîne en son empire.

Cependant Chrisoës, de douleur éperdu,
Vient revoir un ami que l'amour a perdu :
Il vient de Zamira consoler la misère.

« O Dieu ! sur moi, dit-il, épuise ta colère !...
» Mais si le désespoir avait fini son sort !...
» S'il avait bu déjà la coupe de la mort !... »
Il dit : fais sur ses gonds tourner la porte horrible,
Et plonge jusqu'au fond de ce cachot terrible.
Celui qu'il y cherchait, ô spectacle d'horreur !
N'était plus.... Chrisoës le presse sur son cœur,
Et s'écrie : « O combien va gémir ton vieux père !
» Pour moi, cher Zamira, j'abhore la lumière :
» Attends-moi : de mes jours va mourir le flambeau ;
» Chrisoës va te joindre en la nuit du tombeau. »

Faible, presque mourant, pâle, marchant dans l'ombre,
Il sort après ces mots de cet asile sombre :
Un geolier à ses cris se hâte d'accourir ;
On porte Zamira chez son père Nelzir.

FIN DU CINQUIÈME CHANT.

C 5

# ZELIDE ET ZAMIRA,

## POËME.

---

## CHANT SIXIÈME.

# ZELIDE ET ZAMIRA,

## POÊME.

### CHANT SIXIÈME.

EN ces tristes momens, loin du bruit retirée,
Seule, dans une chambre au repos consacrée,
Zélide déplorait le sort de son époux.

De loin ses yeux ont vu Zamira... Ses genoux
Se dérobent sous elle.... Elle pâlit, succombe,
Près du ramier mourant telle on voit la colombe.
Sa faible voix enfin laisse échapper ces mots
Qu'interrompent ses pleurs, ses soupirs, ses sanglots :
« Zamira, Zamira, mon ombre va te suivre ;
» Mânes sacrés, bientôt j'aurai cessé de vivre !
» O banquet de la vie, ô banquet de douleurs,
» Où le sort me choisit les plus affreux malheurs,
» Je te quitte ! Le Ciel me ravit la lumière !
» Et que n'ai-je au tombeau descendu la première ! »

La douleur à ces mots, l'horreur du désespoir
Egarent son esprit, et ne lui font plus voir
Que des morts, des tombeaux, un enclos funéraire.

« Dieu! que vois-je, dit-elle, en ce lieu solitaire!
» Ma mère, interrompant le calme de la mort,
» Se lève de sa tombe avec un long effort!
» Ciel! son ombre paraît les yeux noyés de larmes!
» O momens à la fois pleins d'horreur et de charmes!
» Après un si long temps enfin je te revoi!
» Ne me trompé-je point? Ma mère, est-ce bien toi?
» Tu ne me réponds rien!... Où vas-tu?... dans le temple?
» Je frémis en entrant... Vois, ma mère, contemple
» L'autel sanglant encor où périt mon époux!...
» Fuyons, fuyons ces lieux... La nuit règne sur nous....
» Fuyons ces lieux... Mais quoi! tu rentres sous la terre...
» J'entends du bruit... O n vient... Dieu! la frayeur m'at-
           terre!...
● C'est Philoclès!... Il entre hâve, pâle, hagard,
» Et me montrant de loin la trace du poignard
» Dont mon amant... O terre, ouvre-moi tes abîmes!
» O terre, ensevelis et Zélide et ses crimes! »

Elle dit et se tait; puis reprenant plus bas :
« Viens, Zamira; j'expire et mourrai dans tes bras :
» Viens, tu recueilleras sur ma bouche brûlante
» Et le dernier soupir de ta fidèle amante.

» Et son cœur et son âme et ses derniers discours !
» La mort en même-temps moissonnera nos jours.
» Mais tu n'es plus ; déjà l'affreuse destinée
» A coupé de tes jours la trame infortunée.
» Adieu donc, Zamira ! Zélide meurt pour toi,
» Toi pour qui j'ai trahi mon époux et ma foi. »...

Quelques pleurs, à ces mots, mouillent son œil aride ;
Et sa main dans son cœur plonge un fer homicide.
Son sang coule ; déjà d'un voile ténébreux
Le barbare trépas a couvert ses beaux yeux :
Tranchée à sa racine ainsi meurt une rose,
Que le zéphir caresse et que la pluie arrose.

Mais l'aube rend déjà le jour à l'univers,
La cloche du hameau résonne dans les airs.
On porte Zamira vers la sauvage terre
Où des faibles humains repose la poussière.

Près de lui ses amis, tristes, les yeux en pleurs,
Marchent d'un pas tremblant et lui jettent des fleurs.
Plus loin le vieux Nelzir, pâle, morne, farouche,
Ne laissant échapper aucun mot de sa bouche,
Attendrit tous les cœurs, attire tous les yeux.

A peine le cercueil arrive dans ces lieux,
Nelzir court à son fils... Ainsi la tourterelle
Qui retrouve égorgés par une main cruelle

Ses doux petits, gémit, palpite au milieu d'eux

Et meurt... — « Réponds, mon fils, à mes cris doulou-
    reux !

» Ah! réponds-moi, réponds à ton malheureux père!

» O mon fils, montre-toi sensible à ma misère !

» Mais que dis-je ! mes cris, mes pleurs sont superflus!

» O cher et doux enfant!... O mon fils !... Il n'est plus !....

» Que ses traits sont changés !... Et que la mort cruelle!...

» Ah ! si de son destin j'eusse appris la nouvelle,

» Hier, hier encor, si j'eusse pu le voir,

» Le presser dans mes bras, mourir de désespoir!...

» Je suis vieux, me disais-je, au trépas je succombe :

» Mon fils viendra bientôt me pleurer sur ma tombe!

» Zamira, Zamira, fallait-il que le sort

» Réduisit ma vieillesse à déplorer ta mort !

» Tu prononçais sans doute, à ton heure dernière,

» Tu prononçais le nom de ton barbare père :

» Ta voix faible et mourante a demandé Nelzir...

» Moi, je t'abandonnais.... Que n'ai-je pu mourir

»     le jour funeste où tu connus Zélide!

» Que je baise cent fois cette bouche livide,

» Ces yeux clos, ce doux sein, ce corps inanimé!...

» Je meurs entre tes bras, fils que j'ai tant aimé!...

Il dit, près de son fils tombe presque sans vie ;

A ses yeux expirans la lumière est ravie ;

Loin de ce lieu fatal Nelzir est entraîné.

Un roc couvre déjà le jeune infortuné.
Le pasteur s'attendrit : le peuple est tout en larmes,
Et pleure Zamira , ses vertus et ses charmes.

« Que de vertus!... son âme eût été leur séjour,
» Si son cœur, moins sensible, eût méconnu l'amour.
» O Zamira! ta vie a fui comme l'aurore ,
» Qui naît parmi les fleurs que ses mains font éclore,
» Ramène la rosée, humecte le gazon ,
» Et meurt dès que son père embrase l'horizon.
» Hélas! nos yeux bientôt reverront sa lumière;
» Mais la mort pour toujours a fermé ta paupière! ».

FIN DU SIXIÈME ET DERNIER CHANT.

# ELEGIES.

# DAPHNIS EXILÉ.

## ÉLEGIE I.re.

O doux ami, que ne puis-je voler
Dans ces climats si loin de La Chapelle ( 1 );
Où le destin a voulu t'exiler!
Que le bonheur est prompt à s'écouler!

Mes yeux ont vu la joyeuse hirondelle
A nos climats annoncer les beaux jours,
Et dans les bois la tendre Philomèle
Recommencer ses chansons, ses amours.

J'ai vu déjà la nébuleuse automne
Des vers sapins dépouillant les rameaux;
Et de ses mains effeuillant sa couronne:
Déjà la neige a blanchi nos hameaux;
Déjà la glace enchaine nos ruisseaux
Mais tout sans toi m'a paru monotone.

( 1 ) *Bourg très-joli.*

D

Chantant Cérès, ou Vénus, ou Pomone,
Quand le berger ramène ses troupeaux,
Qu'au doux plaisir le hameau s'abandonne,
Souvent je vais, au déclin d'un beau jour,
Sur le chemin attendre ton retour.

Rien ne paraît... Seulement sur son trône,
Parmi les feux qui brillent à sa cour
  Je vois la fille de Latone
Du temple saint blanchir la haute tour.

O cher infortuné ! combien de temps encore
Dois-tu pleurer ton père et ton premier séjour !
  Combien de fois dois-tu compter l'aurore
Loin de ces lieux si chers à ton amour !

Ah ! Quand pourrai-je, oubliant mes allarmes,
Victorieux des traits de la douleur,
  Te voir, te presser sur mon cœur,
Ouïr ta douce voix, t'arroser de mes larmes,
  Et près de toi retrouver le bonheur !

Puissent les dieux, au gré de mon envie,
S'appaiser, adoucir les rigueurs de ton sort,
  Et t'accorder de revoir ta patrie !

Reviens ! ah ! n'attends pas que, consumant ta vie,
  Le désespoir sur ce funeste bord

Apporte dans ton sein le germe de la mort !
Si dans ces lieux d'exil tu fermais la paupière;
Si la pâle Atropos tranchait tes jeunes ans,
  O mon ami , ta déplorable mère
  Ne pourrait pas, dans sa douleur amère;
Se pencher sur ta tombe , et de ses cris mourans....
  Mais loin de moi ces noirs préssentimens !

  Toi dont bientôt renaîtra la parure,
Déesse du printemps, espoir des malheureux,
  Dès que zéphir chassera la froidure,
  Et que les prés reprendront leur verdure,
  Exauce-moi ! rends Daphnis à mes vœux !

---

# DAPHNIS EXILÉ.

## OU

## LE RETOUR PROCHAIN DU PRINTEMPS.

## ÉLÉGIE II*.

Avant que de Phœbé la nocturne lumière
Ait reparu dix fois dans les plaines du ciel,
L'Alcyon du printemps saluera le réveil;
Eole s'enfuira; nous reverrons la terre
    Ouvrir son sein aux rayons du soleil,
    Et se parer de l'herbe printanière.

Bientôt la jeune Io, cherchant l'ombre et les eaux,
De ses mugissemens va frapper les échos.
Bientôt plus mollement le long de la colline
    Murmurera l'onde argentine.

Et vous, heureux oiseaux que l'hiver éloignait,
Bientôt vous reverrez la terre fortunée

Où s'écoula votre première année ;
Et la prairie où l'aquilon réguait,
Et l'arbre paternel et le nid d'hyménée.
Seul Daphnis exilé des champs de ses aïeux,
Lorsque tout va sourire en la nature,
Obscurcira son front du chagrin ténébreux.
Pour lui plus de beaux jours : l'autan et la froidure
De cette tendre fleur ont fané la parure.

# RETOUR DE DAPHNIS.

## ELEGIE IIIᵉ.

Aн! tant que durera le cours de m̶e̶s̶ ̶a̶n̶n̶é̶e̶s̶ ̶c̶a̶r̶r̶i̶è̶r̶e̶,
 Non, non, jamais je n'oublierai
 D'avoir joui d'une vue aussi chère;
  Et tous les ans au mois de mai,
 Lorsque des cieux l'inégale courrière
Pour la neuvième fois blanchira la rivière,
A tel jour qu'aujourd'hui, j'en jure deux chevreaux;
 Deux des plus beaux que garde ma bergère,
A Flore, de nos champs déité bocagère,
Seront sacrifiés au pied des grands ormeaux.

Ah! puisse-tu long-temps, déesse tutélaire,
Loin de nous d'Eriunis détournant la colère,
Faire jouir Daphnis du bonheur qui nous luit!

Comme dès qu'il parut, notre douleur s'enfuit!
  Ainsi la neige virginale
  Dont les flots couvraient à la fois
  Les champs, les hameaux et les bois;
  Tombée, à l'aube matinale,
  N'est plus, dès que l'astre du jour,
De l'horizon en feu décore le séjour.

# DAPHNIS MALADE,

## A UN ARBRE.

### ÉLÉGIE IV°.

Arbre chéri, l'honneur de nos bocages,
L'abri, l'espoir et l'amour des hameaux,
Toi qu'ont toujours épargné les orages,
Je viens encor m'asseoir sous tes rameaux.

J'ai vu déjà la première fauvette
Voler, chanter le retour du printemps ;
J'ai vu l'hiver fuir devant l'alouette,
J'ai vu passer la saison des autans.

Echo rendue à nos musettes
Oublie enfin le bruit des aquilons ;
Et les boutons des jeunes violettes
seul se confier au vert de nos gazons....

ours heureux du printemps, vous renaîtrez encore.
Pour moi, je meurs... En vain l'art d'Epidore

D 4

Me présente tous ses secours,
Le doux soleil de la saison nouvelle
Ne verra plus revenir mes beaux jours ;
Et je n'entendrai plus la tendre Philomèle
    Dans ces beaux lieux soupirer ses amours,

Oui, c'en est fait : j'aurai perdu la vie,
'Avant d'avoir vu les jeunes agneaux,
Dix fois encor quitter la bergerie
Et regravir le penchant des côteaux.

Mais lorsqu'enfin de mon jeune âge,
Mes amis auront vu s'éteindre le flambeau,
Arbre chéri, puisse alors ton ombrage
Se balancer, trembler sur mon tombeau !

Et que de mon pays les charmantes bergères,
A leurs doux jeux mêlant quelques douleurs,
Viennent aux fêtes bocagères
Sur ce tombeau répandre quelques fleurs !...

# MORT DE DAPHNIS.

## ÉLÉGIES V<sup>e</sup>.

IL n'est plus!... Du trépas la rage est assouvie;
Il sommeille en repos dans les bras de la mort.
A peine il entrevoit l'aurore de la vie,
      Qu'il termine son sort.

Sombres forêts, ô lieux dont il aimait les charmes;
Bosquets, de nos vergers la parure et l'honneur,
Vous ne le verrez plus ou répandre des larmes,
      Ou sourire au bonheur.

Ses jours se sont éteints, comme l'onde naissante
D'un ruisseau qui tarit bien loin du sein des mers;
Comme l'herbe et les fleurs de la terre mourante
      Au retour des hivers.

Voyez dans ce lointain cette terre isolée
Où l'avide trépas assemble son troupeau,
Où du jeune Daphnis la mère désolée
      Gémit sur un tombeau.

Mortel infortuné! là repose ta cendre;
Là repose mon cœur; là t'attendent mes vœux;
Dors, cher ami, bientôt tu me verras descendre
      Dans ces funèbres lieux!

Je me rappelle encor ce jour, ce jour terrible,
Où je le vis mourant sur un lit de douleur,
Où je vis sur son front le trépas inflexible
    Imprimer sa pâleur.

Muet, les yeux éteints, il respirait à peine :
La Parque le frappait de son glaive assassin ;
Un murmure plaintif, une brûlante haleine
    S'exhalaient de son sein.
Fermant ainsi que lui nos yeux à la lumière,
Nous l'appelions, hélas ! de nos cris superflus !
« Daphnis, nous disions-nous !... Il ferme sa paupière ;
    Il ne nous entend plus ! »

Cependant l'heure vient... Déjà plus d'espérance...
Il lutte quelques temps contre la pâle mort,
Pousse un soupir suivi d'un éternel silence ;
    Il se meurt, il est mort !

O néant de la vie ! ô funeste voyage !
Eh ! pourquoi s'attacher à tes appas trompeurs ?
Aux humains aveuglés tu n'offres en partage
    Que de fausses grandeurs.

Qu'est-ce donc que la vie ? Une feuille de chêne,
Que balance dans l'air et qu'abat un zéphir ;
C'est un vase d'argile ; une fatale chaîne
    Qu'on aime à soutenir.

# MORT

## D'UNE JEUNE BERGÈRE.

### ÉLÉGIE VI°.

Déjà l'airain religieux
Du soir annonçait la prière;
La lune blanchissait les cieux
Des traits de son humble lumière.

Alors qu'une jeune bergère
Belle comme l'aurore au matin d'un beau jour,
Mais qu'allait le trépas arracher à sa mère,
D'un pas tremblant sortit de son séjour.

Elle marche en pleurant, se rend aux lieux funèbres
Où du hameau dorment les bons aïeux,
Où les ifs plus épais redoublant leurs ténèbres,
D'une ombre plus lugubre épouvantent les yeux.

« O vous qui renfermez les cendres de mes pères,
» Tombeaux où si souvent j'ai répandu des fleurs,

» Avant que d'habiter vos ombres solitaires,

» Je viens sur vos gazons verser les derniers pleurs!

» Dès demain pour jamais vous serez ma patrie...

» Adieu, restes éteints d'une cruelle vie!

» Adieu, mon doux pays! Adieu, modeste toits;

  » Témoins sacrés de ma naissance,

  » Témoins des jeux de mon enfance;

  » Adieu pour la dernière fois!

 » Mère chérie, et toi malheureux père;

  » Quels seront vos gémissemens,

 » Lorsque demain la cloche funéraire

» Vous dira de mon cœur les derniers battemens!

  » Moi qui croyais, infortunée,

  » Un jour près de vos cheveux blancs,

  » Dans la chaumière où je suis née,

» D'un bonheur sans nuage entourer vos vieux ans.

» Et voilà que déjà pâle, décolorée,

 » Pareille au lys à qui les vents du nord,

» Aux premiers jours de mai, dans leur course abhorée,

 » Ont apporté la froidure et la mort;

  » Je me dessèche, je succombe :

  » Tout m'échappe, hélas! et je meurs!...

» Demain je dormirai dans la nuit de la tombe;

 » Je ne vivrai demain que dans vos cœurs! »

Le lendemain, à la même heure,
Je vis les deux vieillards se tenant par la main,
Se pencher sur sa tombe, et l'appeler en vain
Du fond de sa sombre demeure.

» Toi seule nous restais : nous t'avons vu finir,
» Ainsi que l'aurore naissante,
» Qu'un orage soudain a fait évanouir.
» As-tu cru que sans toi nous pourrions soutenir
» Une vieillesse affreuse et languissante?
» Ah! quand viendra l'instant qui doit nous réunir! »

Ils se taisent... La mort déjà semble obéir;
La mort semble répondre à la voix qui l'implore;
Et l'écho des tombeaux redit long-temps encore :
« Ah! quand viendra l'instant qui doit nous réunir! »

# IDYLES.

---

# LE BON FILS.

## IDYLLE I.re

L'OMBRE déjà brunissait les vallons ;
La lune éclairait le rivage,
Solitaire, caché dans un taillis sauvage,
Le rossignol redisait ses chansons ;
Zéphire agitait le feuillage,
Courait, mourait dans les buissons,
Et de sa douce haleine effleurait les moissons.

Le flambeau de Phœbé, l'or pâle des étoiles,
D'une nuit sans nuage environnant les voiles,
Et du haut de leur char versant un faible jour
Sur les plaines, les monts et les bois d'alentour,
Le doux concert du soir, le parfum des prairies,
Les ondes expirant sur des rives fleuries,
Le calme de la nuit, le sombre azur des cieux,
Tout, jusqu'à la fraîcheur dans les airs répandue,
Tout inspirait à l'âme émue
Un sentiment délicieux.

E

Sous un berceau paré des mains de la nature,
  Le vieux Chrisès en ce moment
   Dormait au bruit d'une onde pure,
Dont les flots de cristal, entraînés doucement,
  Fuyaient, d'écume argentaient leur bordure.

  Dans ces beaux lieux, dans ces lieux inconnus,
Au midi dévorant, à la pâle froidure,
Le lilas, le rosier, le myrthe de Vénus,
Aimant à réunir leurs dômes de verdure,
Ombrageaient le vieillard de leurs rameaux touffus,
   Et fiers de leur riche parure
Dans le miroir des eaux penchaient leur chevelure.

   Quand l'aimable et jeune Oëmi
   Porte ses pas dans ce bocage,
   Et voit son vieux père endormi,
« Quelle sérénité règne sur son visage!
  » Qu'il est doux le sommeil du sage!
» O Chrisès, ô mon père, ô mon meilleur ami!

  » Seul, à genoux, sur ce rivage,
 » Sans doute, avant que de fermer les yeux,
» Tes prières, dit-il, ont conjuré les dieux
  » De veiller sur ton fils, de protéger son âge.

  » Puissent ces mêmes dieux favoriser ton sort!
« Mais bientôt ta vieillesse... O funeste présage!...
» Bientôt tu dormiras du sommeil de la mort.

» O mort! que vainement chacun de nous abhore,

  » Entends ma voix de ton empire affreux!

  » Tranche mes jours dès leur première aurore;

» Frappe; fais-moi subir tes arrêts rigoureux.

    » Frappe; mais renoue à sa vie

» Les jours que doit encor me filer Lachésis,

  » Contente une si noble envie;

  » Et tous mes vœux sont accomplis.

   » Quoi! sur la tombe de mon père

 » J'irais m'asseoir et pleurer ma misère!

 » J'irais dévorer mes douleurs!....

  » O mort! sois sensible à mes pleurs!

  » Viens, clos mes yeux à la lumière;

 » Exauce-moi! pour le sauver je meurs! »

Il parlait: le dieu Pan répond à ses allarmes,

Et lui dit: « Cher enfant, tu m'arraches des larmes

  » Par tes discours et tes pleurs douleureux.

   » Du trépas ne crains point les armes;

» Ton vieux père avec toi vivra long-temps heureux. »

———

# LA ROSE ET L'AMOUR.

## IDYLLE IIe.

AU matin d'un jour sans nuage,
A l'heure où l'ombre de la nuit
Des toits de chaume du village,
Tombe, disparaît et s'enfuit :

Une rose tremblante encore
Au soufle des vents amoureux,
Recevait l'hommage et les vœux
Des fleurs qui s'empressaient d'éclore.

« Régnez, jeune reine des fleurs,
» Régnez sur nous, lui disaient-elles;
» Que les trois pâles immortelles
» Ne puissent ternir vos couleurs!

» Que votre tige virginale
» Brave l'orageux aquilon,
» Lorsque son haleine fatale
» Se jouera des fleurs du vallon!

» Dans ces lieux où la pastourelle
» Vient respirer l'ombre et le frais,
» Et si chéris de Philomèle,
» Puissiez-vous n'entendre jamais :

» Que le murmure de Zéphire,
» Et les doux concerts des oiseaux,
» Et l'onde errante qui soupire
» Parmi les fleurs et les roseaux !

» Régnez sur nous, lui disaient-elles,
» Régnez, jeune reine des fleurs;
» Que les trois pâles immortelles
» Ne puissent ternir vos couleurs ! »

Tandis que triomphait la rose,
O combien l'amour soupirait!
Car n'oublions qu'à peine éclose,
L'amour lui-même l'adorait.

Penché sur les eaux cristallines,
Oh! s'il eût joui d'un baiser!....
Mais la rose avait tant d'épines;
Etait si périlleux d'oser....

Cependant la rose orgueilleuse
De le voir soumis à sa loi,
Abaissait sa tête épineuse,
Et tout bas disait à part soi:

E 3

# ODE A UN ARBRE.

Cet Ode allégorique fut présentée à mon père
le jour de sa fête.

Arbre chéri dont l'ombrage,
Si souvent loin de mes jours,
Détourna le noir orage
Qui vint menacer leur cours;
De l'homicide Borée
Puisse l'haleine abhorée
Epargner tes verts rameaux !
Puisse le corbeau (1) sauvage,
Ailleurs que sous ton ombrage
Suspendre ses doux berceaux !

Que le dieu de la froidure,
Des hivers et des frimats,
Aux lieux où rit ta parure
Ne porte jamais ses pas !
Que pour toi la canicule

_____

(1) *Oiseau de mauvais augure.*

Fuie, et d'un frais crépuscule
Laisse régner les douceurs !
Que sous ton ombre incertaine,
Une limpide fontaine
Baise un rivage de fleurs !

Que l'étoile matineuse
De la mère des amours,
Pour toi toujours lumineuse,
N'annonce que de beaux jours :
Tandis qu'à ces douces heures
Où l'aube ouvre ses demeures,
L'oiseau hâtant son réveil,
Sous ta voûte fortunée,
Dira l'hymne d'hyménée
Et saluera le soleil !

Que si la hâche cruelle
Frappe cet arbre chéri,
Volez, tendre Philomèle,
Demandez grâce pour lui !
Qu'il l'obtienne !... Et si la vie
Lui doit être enfin ravie,
Bois de ces heureux cantons,
Que vos tiges inclinées
Déplorent ses destinées,
Et jaunissent leurs festons !

# HYMNE.

# HYMNE,

## SUR LA DESTRUCTION DES BOIS DE C...

Forêts, riant exil des oiseaux bocagers,
Vous ne reverrez plus le daim, le faon légers
Chercher vos frais abris, votre ombre solitaire.

Au retour du matin, l'astre qui nous éclaire
Ne redorera plus vos sommets nuageux
Où régnaient le printemps et les vents orageux.
Son chien à ses côtés, dans ses mains sa houlette,
Sous vos berceaux détruits ne viendra plus Annette;
Tout deviendra muet... Echo sera sans voix!

Forêts, vous n'êtes plus!... Et les nymphes des bois,
Du bûcheron barbare accusant l'insolence,
Ont fui vos champs déserts, votre vaste silence.
Que sont-ils devenus ces pins audacieux
Dont le front azuré se perdait dans les cieux?
Où sont ces peupliers, ces frênes dont la tête
Durant deux cents hivers a bravé la tempête?

Pâles, sans vie, ils ont passé comme la fleur
Qu'abat dans le vallon la faux du moissonneur.
Adieu, vieilles forêts, le jouet de zéphire,
Où résonnaient jadis les accens de ma lyre,
Où naguères courbé sous le poids des douleurs,
Du jeune Zamira je disais les malheurs.
Adieu vieilles forêts, adieu voûtes sacrées,
De verdure et de fleurs autrefois entourées!

Le voyageur surpris des rayons d[...],
Pleure et dit en voyant vos [...] abattus:
« Nous avions cru jadis éternels vos ombrages;
» Et voilà que des [...] vous [...] les [...];
» Chers enfans de Cybèle, hélas! consolez-vous!
» Vous fuyez vers la mort bien moins vite que nous »

# ÉPITRE.

# ÉPITRE

## CONTRE LES DETRACTEURS DE BOILEAU,

*À M. L...., auteur de quelques pièces de poésies pleines de fraîcheur.*

QUE penses-tu, L..., en voyant condamner
Un mortel que Phœbus a voulu couronner
Des lauriers éternels qu'arrose l'hipocrène?
Ce mortel est Boileau!... Boileau, tel qu'un vieux chêne
Qu'assiége vainement l'aquilon furieux;
Boileau s'élève et voit ses pâles envieux
Epuiser contre lui leur vengeance et leur rage.
Il les voit et se rit d'un impuissant orage;
Il sait trop que son luth et ses chants immortels
De nos derniers neveux méritent les autels.

De ses nobles concerts que j'aime l'harmonie;
Soit qu'empruntant la voix du chantre d'Ionie,
Il livre à nos regards le Rhin ensanglanté,
Pleurant les vains efforts d'une vaine fierté;
Soit que loin du tumulte et du fracas des villes,

Il célèbre d'Auteuil les campagnes tranquilles;
Soit qu'en vers plus hardis, roi du sacré vallon,
Il dicte à nos neveux l'art chéri d'Apollon;
Ou que suivant Sapho, les accords de sa lyre
Peignent en traits de feu l'amour et son délire;
Ou que de la mollesse il trace la douleur,
Et d'un héros pieux il arme la valeur,
Pour briser d'un lutrin la masse audacieuse;
Ou que ses ris malins attaquent la jeueuse,
« Qu'en ses nobles emplois l'aube du lendemain
» Souvent retrouve encor les cartes à la main,
» Et qui, pour se coucher, les quittant non sans peine,
» Déplore le destin de la nature humaine,
» Qui veut qu'en un sommeil où tout s'ensevelit,
» Tant d'heures sans jouer se consument au lit!... »

Vainqueur de l'Arioste (1) et de Perse (2) et d'Horace (3),
O toi par qui Gilbert (4) ennoblit le Parnasse,
Dieu du goût, ô Boileau! dès que j'eus lu tes vers,
Je dis : « Comment a pu produire l'univers
» Ces mortels qui rongés par la plus noire envie,

(1) *Le poéme Héroï-Comique.*
(2) *La Satire.*
(3) *Le poéme Didaotique.*
(4) *Gilbert se plaisait à répéter que c'était la lecture de Boileau qui l'avait formé.*

» Même lorsqu'Atropos a moissonné ta vie,
» Ont osé contre toi montrer tant de fureur? »

Vains efforts! de leur siècle il deviendront l'horreur,
Tandis que les beautés de tes divins ouvrages,
Des nations, des temps braveront les naufrages :
Triomphe! vainement par d'odieux discours,
Ils pensent arrêter le soleil dans son cours.

# SONNET,

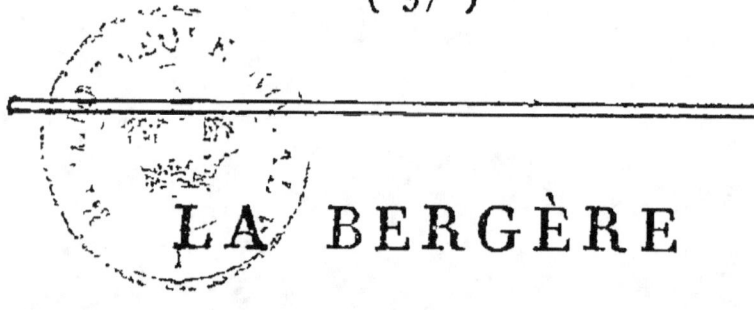

# LA BERGÈRE

## SUR LE POINT D'AIMER.

### SONNET.

LA fille du soleil, sur un char de lumière,
Rougissait de ses feux les portes du matin :
L'étang réfléchissait un ciel pur et serein,
Et la reine des nuits achevant sa carrière :

Abandonnant déjà l'étable hospitalière,
Io des prés connus reprenait le chemin :
Déjà l'agneau paissant le cytise et le thym
Le long des clairs ruisseaux errait sur la bruyère :

Quand j'entendis ces mots : « D'où viennent mes dou-
    leurs?
» D'où vient qu'au nom d'Hilas je sens naître mes pleurs?
» Pourquoi suis-je sans lui triste, sombre et rêveuse? »

Ainsi sans voir Hilas, ainsi parlait Iris.
« Aime, ma douce amie, et tu seras heureuse,
» Lui répond le berger caché dans un taillis,

# ROMANCES,

# LES ADIEUX.

## ROMANCE Ire.

Adieu village
Où j'ai reçu le jour,
  Côteau sauvage,
Dont j'aimais le séjour!
Trahi par mon amie,
Bien loin de ma patrie,
  Adieu, je vais
Vous quitter pour jamais!

Adieu prairie
Où je cueillais des fleurs,
  Rive chérie,
Témoin de mes douleurs!
Trahi par mon amie,
Bien loin de ma patrie,
  Adieu, je vais
Vous quitter pour jamais!

Adieu bergére,
Cause de mes douleurs,
Fille trop chère,
Reçois mes derniers pleurs!
Je pars, cruelle amie;
Bien loin de ma patrie,
Adieu, je vais
Te quitter pour jamais!

Nota. *Je ne sais si les deux derniers vers sont de moi.*

---

## ROMANCE IIᵉ. (1)

Beaux lieux, témoins de ma naissance,
Témoins de mes premiers désirs,
O champs où règne l'innocence,
La gaîté, les ris, les plaisirs,
Salut... Je viens sous les ombrages
Que m'offrent vos arbres en fleurs,
Je viens chanter vos frais bocages,
Vos vergers, vos bois, mon bonheur.

Une cruelle destinée
M'avait exilé loin de vous;

(1) *Le 6 mai 1820, année où je faisais ma rhéthorique au collége de Guéret, sous un jeune littérateur du plus rare mérite, je fus appelé pour passer un jour au bourg de la Chapelle, ma patrie. Comme il y avait déjà long-temps que je n'y étais allé, mes transports furent si vifs en voyant les premiers cerisiers en fleurs de mon pays, que je composai à l'instant et en moins d'un quart d'heure cette romance; ce qui en doit faire pardonner la faiblesse.*

Mais dés l'aurore de l'année
Du sort je brave le couroux.
Je reviens... Je vois vos rivages ;
Le plaisir fait battre mon cœur,
Et je chante vos frais bocages,
Vos vergers, vos bois, mon bonheur,

Que ne puis-je long-temps encore
Vous habiter, ô lieux chéris!....
Le matin j'irais, dès l'aurore,
Rêver dans vos sentiers fleuris ;
Ou sous vos berceaux de feuillages,
Avec les fauvettes en chœur,
Je chanterais vos frais bocages,
Vos vergers, vos bois, mon bonheur,

Et le soir, quand l'ombre légère
Commence à brunir les côteaux,
A l'heure où la jeune bergère
Ramène en chantant ses troupeaux ;
De la lune, au sein des nuages,
En voyant la tendre lueur,
Je chanterais vos frais bocages,
Vos vergers, vos bois, mon bonheur,

Mais avant que l'aube ennemie
Ait doré la tour du saint lieu,

Hélas ! ô ma douce patrie,
Il faut encor vous dire adieu !
Adieu donc !... Loin de ces ombrages
Que m'offrent vos arbres en fleur,
Je vais regretter vos bocages,
Vos vergers, vos bois, mon bonheur.

---

# NOTES.

---

## ZÉLIDE ET ZAMIRA.

### CHANT 1.er, PAGE 13.

« HÉ bien! ma douce amie, il ne me manque rien!
» Tous mes vœux sont remplis! quel bonheur est le mien!
» Vois-tu dans le lointain, vois-tu cette rivière,
» Des pâles feu du ciel reflétant la lumière;
» Plus loin, ces monts altiers couronnés de forêts,
» Et ces champs sablonneux ennemis des guérets?...
» Te souviens-tu du jour où parcourant ces plages,
» Je te vis au-dessous de ces plaines sauvages, etc. »

Quelques froids amateurs d'une sévère symé-
trie pourront, peut-être, m'objecter que les
transitions de ce discours sont trop brusques;
mais je leur demanderai s'ils pensent de bonne

foi qu'un jeune homme fortement ému doive faire
à sa maîtresse des discours aussi graves, aussi
méthodiques qu'un orateur; si ce n'est pas d'une
vive passion qu'il est surtout vrai de dire :

« Chez elle un beau désordre est un effet de l'art. »

et si le premier devoir d'un poète n'est pas de
s'attacher à peindre fidèlement la nature?

### CHANT 2ᵉ.

Courons vers les autels, mourons et vengeons-nous.

Imitation de ce vers fameux de Virgile.

« ... *Moriamur*, *et in media arma ruamus.* »

Enéide, liv. 2ᵉ.

Delille a peu senti l'heureux effet de *moriamur*, placé avant : *et in media arma ruamus ;*
lorsqu'il a fait dire froidement à Enée :

« Mourons le fer en main ; c'est là notre devoir. »

~~~~~~~~~~~~~~~~~~~~~~~~~~~~~~~~~~~~~~~~~~~~~~~

# ERRATA.

Page 12, vers 23,

Dors près de tes aïeux, dors près de leurs tombeaux,

Lisez :

Dors avec tes aïeux dans l'ombre des tombeaux.

Page 20, vers 16,

Arbres sacrés, soyez témoins de son trépas!

Lisez :

Arbres sacrés, soyez témoins de mon trépas!

Page 26, vers 10,

Dont le feuillage s'incline sur les eaux,

Lisez :

Dont le feuillage vert s'incline sur les eaux.

Page 63, vers 13,

Jours heureux du printems, vous renaitrez encore,

Lisez :

Jours heureux du printemps, vous renaissez encore.

www.ingramcontent.com/pod-product-compliance
Lightning Source LLC
Chambersburg PA
CBHW071113260626

47162CB00006B/2306